Hartmut von Hentig

Kaspar der Marder
oder die Liebe zur Freiheit

Hartmut von Hentig

Kaspar der Marder

oder die Liebe zur Freiheit

Mit Illustrationen von
Urd von Hentig

Sanssouci

Manchmal wird mir die Arbeit zuviel. Es kommen zu viele Menschen, zu viele Briefe, zu viele Telefonanrufe. Dann ziehe ich für eine Woche oder zwei fort – ins Wildenburger Bergland. Dort habe ich ein Häuschen am Fuß eines hohen steinernen Turms gepachtet. Der Turm gehört zu den Resten einer Burg, nach der das Land heißt, zur Wildenburg. Das Häuschen besteht aus einem Zimmer, einer davon getrennten kleinen Küche und über beiden – unter dem schiefergedeckten Dach – zwei Schlafkammern, eine kleine für gelegentliche Gäste, eine geräumige, in der auch mein Schreibtisch steht: mit einem wunderbaren Blick über das Tal, sanfte Höhen, eine Viehweide, dunkle Wälder.

Hier habe ich meine Ruhe, kann ungestört lesen und nachdenken, schreiben und spazierengehen. Ich bin mit mir allein.

Gelegentlich setzt sich ein Fink auf mein Fensterbrett und pickt nach Insekten, die sich auf der schrägen Glasscheibe niedergelassen haben. Er fliegt erschrocken fort, wenn er mich dahinter erkennt. Mauersegler, Bussarde, ein eleganter Turmfalke ziehen über

den Himmel. Nachts schreien die Käuzchen, und von ferne heult ein Hund. Am Tag vernimmt man manchmal das Muhen der Kühe vom gegenüberliegenden Hang. Wenn ich keinen Gast mitgebracht und nicht gerade eine Schallplatte aufgelegt habe, höre ich hier nur diese Laute. Mit mir selbst rede ich nur selten – wenn ich sehr glücklich oder sehr verzweifelt bin.

Als ich vor vielen Jahren einzog, gab es freilich noch einen anderen unvermuteten Mitbewohner. Ihn wurde ich bei meinem zweiten Besuch an einem kalten Novemberwochenende gewahr. Ich traf spätabends ein und ging gleich zu Bett – ohne den Ofen zu heizen; ich wußte: auch nur ein bißchen warm würde er erst nach einer Stunde sein, und nach einer weiteren Stunde würde ich das nächste Holz nachlegen müssen; statt dieser Mühen ein Schluck Kognak – das tat's für heute! Die Matratze hatte sich mit Kälte vollgesogen; ich lag unter den schweren Wolldecken wie in einer Gruft und hoffte auf

Schlaf. Da rappelte jemand über mir im Gebälk: flinke, feste Schritte, die sich mal zu einem rasenden Galopp steigerten, mal zu einem behutsamen Tapp ... tapp ... tapp ... verlangsamten, mal gänzlich zum Stillstand kamen. Goethes »Hochzeitslied« kam mir in den Sinn: »Die Ratte, sie raschle, solange sie mag«, und: »Der Morgen hat alles wohl besser gemacht«, und vor allem: »Der, schläft er nicht, möcht er doch schlafen«. Nicht die Geräusche, die Gedanken hielten mich wach, die detektivische Anstrengung: Eine Maus konnte es nicht sein; deren Schritte sind kleiner und leichter. Auch hatte ich früher keine Spuren von Mäusen entdeckt – keinen Mäusedreck, keine angenagten Äpfel oder Nudeltüten oder Bücherrücken. Der »Jemand« war kein Vogel, sondern hörbar ein Vierbeiner. Eine Katze konnte sich in dem engen Zwischenraum zwischen dem Schieferdach und der inneren Holzverkleidung der Dachschrägen so schnell nicht bewegen. Eine Ratte – gewiß, die kam in Frage. Aber die Vorstellung behagte mir so wenig, daß ich sie schnell verwarf. An Gespenster glaube ich nicht. Ich beschloß, mein unerkannter Hausgenosse sei ein »Hausmarder«, weiß man doch, daß es solche gibt; und sympathisch sind sie auch. Dieses Ergebnis war vorläufig befriedigend.

Ich schlief kurz darauf ein, begleitet vom »Toben und Tosen« im Gebälk, aus dem »Nun dappelt's und rappelt's und klappert's« im Traum wurde.

Vielleicht, weil ich doch nicht gern *ganz* allein bin, fühlte ich mich auch in Zukunft durch das Treiben des Tieres nicht gestört, selbst wenn es mich aus tiefem Schlaf riß, in wilde Jagden ausartete, so dramatisch, so unvorhersagbar, so unerklärlich, daß ich ihm oft wie gebannt gelauscht habe. Was geschah da unmittelbar über meinem Haupt? War das einer oder waren es zwei? Warum nie ein Laut – ein Bellen, Pfeifen, Piepsen? Wem galt das Umherrasen? Was gab es da bis in die fernsten Ecken des Daches zu verfolgen? Wo war das Zentrum, der Bau, das »Nest«? – Über solchen Fragen pflegte ich wieder einzuschlafen, ohne Unruhe, mit einer immer deutlicher ausgemalten Vorstellung von »Kaspar«, wie ich den tobenden Hausgenossen zu nennen begann: mit einem Namen, der so klang – so kräftig und so seltsam – wie das Wesen, das er bezeichnen sollte. Ich wartete manchmal geradezu auf seinen Auftritt und war enttäuscht, wenn er eine Nacht, einen ganzen Tag lang ausblieb, gar mehrere Tage und Nächte. War ihm etwas passiert? Ich war beruhigt, wenn er wiederkam, bevor ich abreiste.

Meine Gäste hatten Probleme mit meinem »Klabautermann«, wie einer von ihnen ihn nannte, und mit meinem Gleichmut gegenüber dieser Plage. Ob mich das wirklich nicht störe, fragten sie und verkniffen sich weitere Bemerkungen, wenn ich das schlicht verneinte; sie fuhren ja am nächsten Tag meist wieder ab. Begegneten sie mir anderswo, erkundigten sie sich, teilnahmsvoll, ob ich Kaspar immer noch gut ertrüge? »Ich kann ihn nicht nur gut ertragen, ich kann ihn gut leiden«, war meine Antwort. »Wie das?« wollten sie wissen. »Weil ich ihm verdanke, daß es in meinem Haus keine Mäuse gibt.« Schon sein Geruch vertreibe sie offenbar, philosophierte ich, ohne etwas Genaues zu wissen. Sei da nicht ein Kater Paff die bessere Lösung, entgegneten sie. Leider nein. Ich habe seit geraumer Zeit eine Katzenallergie; ich bekomme entzündete Augen, meine Nasenschleimhäute schwellen an, ich muß ununterbrochen niesen, wenn ich in Räume komme, in denen sich auch Katzen aufzuhalten pflegen.

Damit war die Sache nicht beendet, ja, der Tatbestand, mit dem ich Kaspars Nützlichkeit begründet hatte, schlug gegen ihn aus. Auf meiner Überdecke fand ich immer wieder klebrige gelbe Flecken; irgend etwas war von der Decke herabgetropft; es roch süßlich und

scharf zugleich – und war nicht eine Ausscheidung von Wespen, die es ebenfalls im Dachgebälk gab. Als ich in den ersten wirklich warmen Tagen des Jahres auf die Wildenburg kam, um die Pfingstferien dort zu verbringen, war die Luft von einem schweren heißen Gestank erfüllt, wie man ihn aus dem Raubtierhaus im Zoo kennt. Die Ursache stand eindeutig fest: Kaspar hatte seine Notdurft an verschiedenen Stellen über der Stubendecke verrichtet; die Sonne hatte auf die schwarzen Schiefertafeln geschienen; was in der kalten Jahreszeit einfach erstarrt oder vertrocknet war, wurde nun gebraten, geröstet, gesotten und erzeugte eine »Witterung«, die nicht nur Mäuse verscheucht und die ihrerseits nicht weicht, man mag lüften, solange man will.

Als mein Freund Frank die Wildenburg in jenem Sommer einmal ohne mich besuchte, brach er den Besuch am zweiten Tag ab. Es hatte nicht nur schlimm gestunken, es hatte die ganze Nacht hindurch ein Tier erbarmungswürdig im Gebälk gewimmert und geschrien – wie ein sterbendes Kaninchen. Frank hatte es nicht mehr ausgehalten und gab mir telefonisch Bescheid.

Als ich am kommenden Wochenende erschien, war der Schrei, gottlob, verstummt.

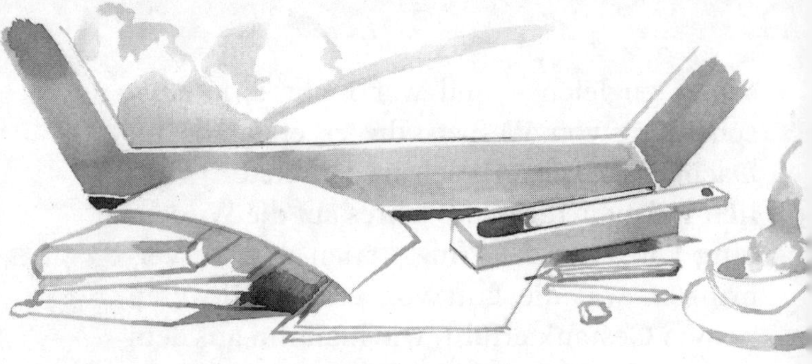

Ich lüftete, erfüllte das Haus mit Musik und dem Duft gebratener Zwiebeln, schlief trefflich – ohne jegliches Gerappel – und saß am Morgen schon früh am Schreibtisch mit dem Blick über das taufrische Land. Als die Sonne heraufkam, stieg mir ein anderer Geruch in die Nase, in Wellen, sich verstärkend und beunruhigend. Ich ging ihm nach. Er kam aus der Dachwand rechts neben dem Bücherregal, von dort, wo Frank das klägliche Schreien gehört hatte. Ich holte Werkzeug, hebelte die Wandverschalung einen halben Meter über dem Fußboden los – zwei Handbreit im Quadrat – und zerrte die Glaswolle heraus, die dahinter aus der schwarzen Dachpappe hervorquoll. Sie diente als Isoliermaterial zwischen der Schieferplattenlage und der hölzernen Innenwand. Mit Überwindung griff ich in das Loch hinein; die Glaswolle stank nach Kadaver; sie war zerwühlt, die sie ursprünglich zusammenhaltende Pappschicht zerrissen. Nachdem ich – immer hastiger – beinahe einen halben Kubikmeter des Gewölles in die Stube gezerrt hatte und fast auf dem Boden angelangt war, traf ich auf etwas Festes, packte beherzt zu und förderte die rosige Leiche eines ganz jungen Marders zutage – kaum größer als eine ausgewachsene Mangofrucht und auch so geformt. Die Augen waren geschlossen, die Beinchen kurz, die Füße wie winzige Kinderhände, der Schwanz ein unbehaarter Stummel. Ich habe die kleine Kreatur mit einer Mischung aus Ekel und Ehrfurcht in eine Plastiktüte getan und in den Wald getragen, wo ich einen großen Stein darüber deckte. Nun erst merkte ich, daß mein Hals und meine Gelenke juckten und über allem, was die Stube beherbergte, ein feiner Glasstaub lag. Unter ständigem Niesen und behutsam habe ich die Glaswolle, in der sich das Marderjunge zu Tode gestrampelt hatte oder erstickt war, in einem Müllsack verstaut und eine ganze Stunde lang den Staubsauger über alle meine Habseligkeiten gehen lassen. Meine Gedanken waren beim Todeskampf des Kindes von Kaspar, der also ein Marderweibchen, eine

Kaspera war. War es ihr einziges Junges? Hatte sie es in der Wolle betten wollen? War es allein dahingelangt? Ob sie es zu retten versucht hat? – Tagelang erschien sie nicht; tagelang hatte ich das Bedürfnis, ihr Abbitte zu leisten für die teuflische Täuschung, durch die ihr Kleines umgekommen war.

In diesem Herbst geschah Unvermeidliches. Ich mußte die Beschädigung der Isolierschicht bei der Burgverwaltung melden; damit war eine Benennung des Verursachers verbunden; und dies löste die Entschlossenheit des Hausherrn aus, dem Marder »das Handwerk zu legen«: ihn zu vertreiben, besser noch zu vernichten.

Einem wirksamen Ausschluß hätte ich zugestimmt, eine Tötung kam nicht in Frage, nicht in meinem Haus, solange ich das Hausrecht habe. Die Hausverwaltung – die Gräflich Wildenburgsche Kammer –, die lieber, wie sie sagte, »kurzen Prozeß« gemacht hätte, ließ einen Spezialisten kommen. Der »begutachtete« den Fall, indem er sich anhörte, was ich ihm erzählte – und riet zunächst, das Tier durch Aufstellung eines Radios zu vertreiben; Lärm vertrügen Marder nicht. Das konnte nach meinem Urteil die Lösung nicht sein. Ich mache ja jeden Morgen und jeden Abend

Musik; mächtige Sinfonien und Oratorien schallen direkt unter seiner Behausung; noch während »Freude, schöner Götterfunke« erklingt, rappelt Kaspar schon wieder. Mir als einem Parteigänger des Beschuldigten hätte man diesen Einwand vielleicht nicht abgenommen, aber die kluge Tante des Hausbesitzers erzählte, wie der Marder in ihrem Haus auf einen solchen Versuch reagiert hatte: Er hatte das Radio bestiegen und darauf geschissen – ausgezogen war er nicht. Der nächste Vorschlag lautete: Vertreibung durch scharfe chemische Gerüche – Schwefel, Chlor, Salmiak. Das kann man vielleicht in Lagerhallen tun, aber nicht in einem Haus, in dem man selber wohnt, in einem so winzigen zudem. Ich lehnte abermals ab. Die von mir immer wieder ins Gespräch gebrachte Falle, in der das Tier lebend gefangen würde, so daß man es dann irgendwo weit weg aussetzen oder einem freundlichen Kleintierzoo schenken könne, wurde als laienhaft belächelt und für unrealistisch erklärt. Da müsse man den Zugang des Marders zum Haus genau kennen und ihn dort abfangen; eine Lockfalle (mit einem rohen Ei zum Beispiel) funktioniere bei diesen schlauen Tieren nicht.

Der Zufall wollte es, daß ich Kaspar in jenen Tagen zum erstenmal gesehen hatte. Er war über einen Torbogen, der die Burg mit meinem Haus verbindet, direkt zu dessen Dach gelaufen und im Laub des wilden Weins verschwunden, der dort bis über die Dachrinne rankt. Wenn man eine Falle dort aufstellte und ihn auf diesem Zugang erwischte?

Man beschloß etwas anderes: das Dach ringsum nach einem Einlaß zu untersuchen und diesen zu verstopfen, wozu der Schloßgärtner mit hoher Leiter anrückte, um das Weinlaub zurückzuschneiden; der »Kammerjäger« mußte wiederkommen und den eigens bestellten Zimmermann anweisen, wo welche Löcher mit Holz zu vernageln oder mit einem Drahtnetz zu verschließen seien. Daß alles geschah, kostete fast 1500 Mark – und der Marder trieb weiter sein geräuschvolles, nun erst recht rätselhaftes Wesen.

Einer meiner Brüder ist Biologe. Er lachte über die ganze Veranstaltung: Ein Marder sei ein sehr starkes und zugleich geschmeidiges Tier – es hebe eine Dachpfanne oder eine Schieferplatte hoch und schiebe sich durch die Spalte, solang nur der Kopf durchpasse. Man hätte das Haus durch Christo mit einem Kettenpanzer einhüllen lassen müssen, wollte man Kaspar aus diesem wirklich ausschließen.

Es kam der Winter. Der Mardergeruch ließ

wieder nach, ja, es roch nun für mich auf der Wildenburg, wie es eben auf der Wildenburg riecht. Aber die Herren, deren teure Strategie nicht funktioniert hatte, sannen auf eine Gelegenheit, in meiner Abwesenheit das zu tun, was sie für das einzig Richtige hielten. Sie erschienen zu viert mit drei Flinten, stellten sich an den drei zugänglichen Seiten des Hauses auf und ließen den vierten in der Dachstube wie wild gegen die Holzwand schlagen. Da sprang das Tier tatsächlich an der Schmalseite über dem Klo heraus, die Büchse knallte piff paff, der Jagdhund bellte dazu – und Kaspar, vom Schrot unversehrt, verschwand in einer angrenzenden Scheune. Danach ward er drei Wochen lang nicht gesehen. Mir hat den Vorgang ein Nachbar erzählt und danach noch vielen anderen. Es ist damals in der Nachbarschaft so manches Schnapsglas auf Kaspar geleert worden – mit lautem Spott über die eifrigen Jäger.

Aber dann kam der nächste Sommer, und mit ihm traten wieder die klebrigen gelben Flecken und der scharfe Geruch auf – und so

ließ ich mir von Ketterer in Hamburg eine richtige Marder-Durchlauffalle kommen. Sie besteht aus einem etwa neunzig Zentimeter langen, fünfundzwanzig Zentimeter hohen und ebenso breiten Holzkasten, an dessen beiden Enden sich Klapptüren befinden; diese schließen sich, wenn etwas durch den Kasten und in seiner Mitte über eine Metallwippe läuft. Mit Hilfe eines Tischlers habe ich diese Falle im Dachstuhl an der Stelle eingebaut, an der Kaspar meiner Wahrnehmung nach wenn nicht immer, so doch oft ins Innere gelangte, und habe ihre Umgehung durch Dämmplatten erschwert. Jedesmal, wenn ich auf die Wildenburg kam, habe ich die Falle »scharf gemacht«; jedesmal, wenn ich abfuhr, habe ich den Schließmechanismus blockiert, so daß Kaspar hindurchlaufen könne und nicht etwa während meiner Abwesenheit darin verhungern müsse. Mit Neugier fragten mich fortan die »Jäger«, ob sich Kaspar wohl inzwischen habe fangen lassen, und hörten mit deutlicher Befriedigung, daß dies bisher nicht gelungen sei. Ich lernte mit diesen Fragen und mit Kaspar zu leben – mit seinem unregelmäßigen Gerappel, seinen unerklärten Jagden, seinem nur vorgestellten Familienleben. Alles, was mir Lexika und Fachbücher, Zeitungsartikel und Fernsehfilme über

Marder berichten konnten, habe ich mit lebhaftem Interesse aufgenommen, aber mit dem, was Kaspar auf meinem Dachstuhl trieb, habe ich das alles nicht zu verbinden vermocht. Auch habe ich Kaspar selbst nicht wiedergesehen, nur seine zierlichen Spuren, wenn frischer Schnee gefallen war.

Eines Nachts im Winter erwachte ich von einem lauten und zugleich dumpfen Knall, dem nach wenigen Sekunden ein regelmäßiges metallisches Klick und Klack folgte. Ich wußte sofort: Die Klapptüren waren zugefallen; Kaspar war gefangen; er lief über die ausgeklinkte Wippe hin und her. Das Laufen wurde unregelmäßiger, es folgten kleine Schreie – krächzend vor Wut. Ich bin in meinem Leben selten so aufgeregt gewesen wie in jener Nacht – jedenfalls nicht bei meiner Abiturspüfung, nicht bei meiner Verwundung, nicht bei der Festnahme in Mutlangen. Ich überlegte, was zu tun sei. Der Wecker zeigte fünf Uhr, um sieben Uhr dreißig stehe ich ohnedies auf; der geplante Abtransport zu einem fünfzehn bis zwanzig Kilometer entfernten Ort konnte zwar sofort vorgenommen werden, aber ich wollte Kaspar doch meinem Hausherrn im Schloß zeigen, wollte maßvoll

triumphieren und jedenfalls meine Erlebnisse mit anderen teilen. Ich dachte: Wenn ich Kaspar im Kasten lasse, ihn nicht mit Licht und dem Schrecken meines Anblicks weiter in Panik versetze, wird er vielleicht ruhig werden, ermüden, sich dreingeben. Ich würde noch einmal zu schlafen versuchen.

In der Tat hörte das Klick-Klack irgendwann auf; es wurde still; ich entrann meinen Gedanken in einen tiefen Morgenschlaf. Aber mit dem ersten Dämmerlicht erwachte ich, zog meinen Trainingsanzug an und klabasterte die schwere Falle aus ihrer Fassung im Gebälk: Sie war leer. Beide Klappen waren zu, die Wippe mit Angstkot verschmiert; das kleine Metallgitter, das Einblick über der Mitte gewährt und zugleich Luft für den Gefangenen durchläßt, war um drei bis vier Zentimeter zurückgeschoben – das Tier durch die Spalte entwischt.

Es wurde ein seltsamer Tag. Ich war verärgert, ja gekränkt – und gleichzeitig erfüllt mit Respekt, ja Bewunderung für das Tier, das sich nicht in die Ausweglosigkeit ergeben hatte. Zwischen dem Gitter und dem Holz war in der Tat ein halber Zentimeter Zwischenraum gewesen – offenbar genug, um Kaspar Hoffnung zu machen. Mit der Hoffnung hatte er gewu-

chert, gewuchert und gesiegt. Er, wenn irgendein Geschöpf, hatte seine Freiheit verdient!

Ich habe den anderen kleinlaut berichtet, was sich ereignet hatte – »kleinlaut« nicht zuletzt, weil ich sicher sein konnte: Den Weg durch die Falle werde Kaspar nie wieder nehmen. Diese Möglichkeit, das Problem zu lösen, war verspielt. Als ich das nächste Mal anreiste, habe ich gleichwohl die Falle wieder eingerichtet und »scharf gemacht«. Ich hatte von Kaspar gelernt, hartnäckig zu sein.

Etwas über ein Jahr später – wieder des Nachts –: der laute dumpfe Knall, wieder das folgende Klick-Klack! Ich sprang auf, öffnete die vom Schreiner verfertigte Luke in der Decke, holte den Kasten herunter und ließ das Licht meiner Tischlampe auf das Gitter fallen, das ich rechts und links festgenagelt hatte. Da sah ich Kaspar zum erstenmal aus der Nähe – von Angesicht zu Angesicht. Er blickte fauchend herauf, stieß seine Schreie drohend und in verzweifelter Heftigkeit gegen mich aus und raste dann wieder von einem Verschluß zum anderen. Er war größer, als ich vermutet hatte, auch heller, vor allem im dreieckigen Gesicht, das die Farbe eines Fuchses hatte. Der lange, buschige Schwanz ging noch nach links, während sein Körper schon nach rechts vorbeischnellte. Immer wieder hielt er unter dem Gitter an, versuchte zu erfassen, was da Gewalt über ihn hatte, traf mich mit verletztem, unversöhnlichem Blick.

Dem Tier Angst und Demütigung durch den siegreichen Großfeind nicht zu verlängern, trug ich die Falle nach unten und draußen, klemmte sie zwischen die Mauern, die meinen Hauseingang bilden, löschte das Licht und schloß die Tür. Auf der Treppe kehrte ich noch einmal um und versicherte mich, daß Kaspar diesmal keine der möglichen Öffnungen würde entriegeln können, und ging wieder ins Bett. Es galt erneut, den Tag abzuwarten und dann die geplante Verbringung vorzunehmen – nicht ohne beim Schloß vorbeizufahren, wo der Hausherr mir recht geben sollte: Marder fängt man mit Marderfallen –

man versucht nicht, sie zu vergrämen oder auszusperren oder zu erschießen.

Ich schlief ein, das Tier hatte sich beruhigt, es gab nichts mehr zu bedenken.

Um sieben Uhr dreißig, wie immer, bin ich aufgestanden, bin zur Tür geeilt – und fand den Kasten mit feinen, frischen Spänen bestreut, neben dem Metallgitter ein zitronengroßes Loch durch das zweieinhalb Zentimeter dicke Holz genagt, die Falle leer.

Kaspar hatte sich abermals befreit, abermals durch eine ebenso kluge wie tapfere Ausdauer. Die klugen Berechnungen der Fallenbauer hatte er – kein Nager; die Marder gehören zur Ordnung der Landraubtiere – zu einem Häufchen Sägemehl zerfetzt. Mir traten Tränen in die Augen – Tränen der Rührung und des Glücks über den einsamen kleinen Freiheitskämpfer, der mich überlistet, belehrt und beschämt hat – und seither meidet.

Das war vor einigen Monaten. Noch immer fahre ich gern zur Wildenburg. Aber an langen Abenden, wenn der Schubert verklungen ist und das Feuer im Kamin verglimmt, fehlt mir etwas: das geheimnisvolle, unberechenbare Gerappel des Marders, der eine Marderin war und in dessen mit mir geteiltem Haus ich nun allein lebe.

Eine verstörende Fortsetzung

»So was kommt von so was!« Ich brauche keine guten Freunde, die mir das sagen. Wer seinen Feind liebt, wer Respekt vor dessen Freiheitsdrang hat und ihm trotzdem eine Falle stellt, dem wird nichts erspart, der fällt doppelt rein. Er hat unruhige Nächte. Vergißt er obendrein, die Falle zu entschärfen, bevor er abreist, hat er auch unruhige Tage. Das ist mir im letzten Jahr, seit Kaspar sich befreit hat, einmal passiert. Ich habe es in Berlin, fern von der Wildenburg, nur ausgehalten, weil ich hoffen durfte, er werde sich – sollte er gegen alle Erwartung erneut in mein Höllenhaus gekommen und in den Höllenkasten geraten sein – auch wieder einen Fluchtweg nagen. Gottlob hat er in meiner (abgekürzten) Abwesenheit den Ort gemieden. Erst vor einer Woche, nachdem ich schon mehrere Tage wieder auf der Wildenburg war, machte er einen neuen Besuch, jagte einmal um den gesamten Dachboden und verschwand, vielleicht weil er mich wahrgenommen hatte. Nach zwei Tagen aber kam er wieder und blieb nun

länger. Ich hatte ja inzwischen gut durchgeheizt. Selbst die Fliegen erwachten wieder; die Wespen krochen aus irgendwelchen Ritzen im Gebälk und stießen wütend gegen die sie schützende Scheibe; nur die Mäuse, die alle Wildenburger in diesem Herbst und Frühwinter in so großer Zahl heimsuchten, schienen das Haus zu meiden. Noch bevor ich darüber nachdenken konnte und mich der Entscheidung zwischen einem Leben mit einem schlafstörenden und stinkenden Marder oder einem mit zahlreichen zerstörerischen Mäusen auszusetzen bereit war, geschah es vorgestern morgens um sieben Uhr: Die Falle fiel mit einem harten Laut zu, und die Blechkippe in ihrer Mitte machte alsbald ihr nun schon bekanntes Klipp-Klapp, jedesmal wenn der Gefangene sie in metronomisch genauem Abstand überquerte. Ich stand sofort auf, löste die Falle aus ihrer Halterung im Dachstuhl und sah meinem Gefangenen ins helle Gesicht, das hinter dem Gitter erschien und dort stillhielt. Kein Laut. Kein panisches

Hin und Her. Keine Drohgebärde. Der Blick schien zu fragen: »Was soll das?« und auch: »Hab ich wirklich wieder diese Dummheit begangen? Ich wußte doch ...«

In der Burg drüben war schon Licht. Der Förster bereitete wohl gerade das Frühstück für Florian und Konstanze, die er um Viertel vor acht in die Schule fährt. Der sollte das Ereignis gleich erfahren, bevor er für den Rest des Tages in seinem Revier verschwindet, und mir möglichst bald bei der Aussetzung von Kaspar behilflich sein. Ich zog Hose und Joppe über den Schlafanzug und lief hinüber. Herr Zumpe, so heißt der Förster, öffnete freundlich wie immer, ließ mich aber, kaum daß ich ihm das Vorkommnis berichtet hatte, wissen, daß es mit seiner Mitwirkung heute schwerhalten werde; er habe den ganzen Tag pausenlos anderwärts zu tun. Ebendarum war ich ja gleich gekommen – und nur unbewußt war ich auch einem Bedürfnis gefolgt, meine Aufregung mit dem allzeit aufgeschlossenen Nachbarn zu teilen, ja nur nebenbei der Hoffnung, er könne sagen: »Das müssen Florian und Konstanze sehen! Wir kommen gleich rüber ...« Mir ging durch den Kopf, was ich für Möglichkeiten habe, wenn Herr Zumpe nicht, vor allem nicht bald helfen kann, Kaspar aus seiner notvollen Lage zu befreien.

Ich wußte: Frau Kruse, die andere Nachbarin unterhalb meines Häuschens, wird heute früh zu ihrer Schwester fahren und den ganzen Tag dort bleiben; um neun Uhr kommt die Gräfin auf dem Weg nach Bonn vorbei – ich könnte mit ihr und Kaspar in seiner Falle ein Stück mitfahren; wir würden ihn auf der Höhe vor Wildbergerhütte aussetzen; ich könnte zurückmarschieren, die Falle blieb in ihrem Auto, bis ... Ach, das muß mich jetzt nicht kümmern, ist eine *cura postrema*! Ich sagte dem bedauernden Herrn Zumpe, daß ich die Gräfin abwarten und ihn dann vielleicht gar nicht mehr brauchen werde.

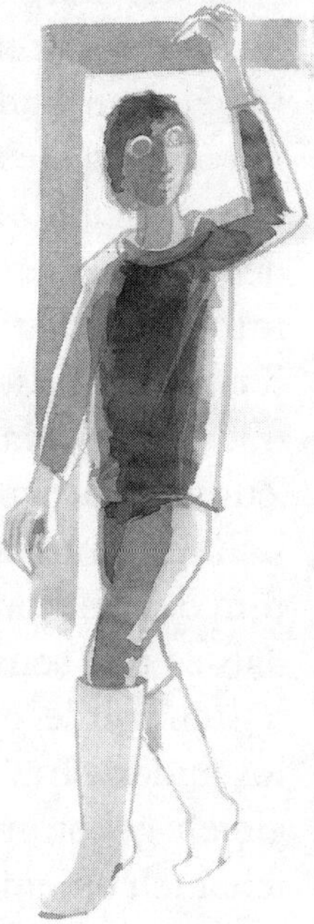

In meiner Wohnstube steht nun der Kasten – und in ihm ist es unheimlich still. Sollte Kaspar etwa in diesen zehn Minuten wieder entwischt sein? Ich leuchte mit der Taschenlampe durch das Gitter der Mittelluke hinein. Da blitzen mir vom äußersten Ende des Kastens Kaspars Knopfaugen entgegen.

Ich blende sofort ab. Gut, daß er so ruhig bleibt.

Nun heize ich erst einmal, dusche, frühstücke, setze mich an die Arbeit. Um zehn Uhr fährt ein Wagen vor. Es ist nicht die Gräfin, sondern der Graf – eilig, auf dem Weg zu einer Verabredung. Er nimmt die Nachricht entgegen, mäßigen Anteil an meiner Bewegung und den kleinen Kerl in kurzen Augenschein. Er ist bereit, die unbequeme Freisetzung mit mir zu vollziehen, wenn es nur, bitte, schnell gehe! Aber die Falle paßt nicht in den Kofferraum seines BMW, und auf dem Rücksitz sind Akten und Weihnachtsgeschenke ausgebreitet; man müßte lange umräumen und Decken zur Schonung der Ledersitze ausbreiten, nicht nur die bereitgelegten Zeitungen und Plastikfolien. Es geht also nicht. »Warte doch auf Herrn Zumpe! Der Marder hat dich so viele Jahre geplagt, jetzt kann er wohl ein paar Stunden auf seine Freiheit warten!« Damit fährt der Graf davon.

Ich bin einverstanden, nicht einmal enttäuscht. Kaspars Gefangennahme und Befreiung – das sind sehr wichtige Ereignisse; sein Schicksal beschäftigt mich heftig; die Angelegenheit währt in der Tat schon lang – da darf sie nun ruhig noch etwas länger dauern, mich und meine Geduld noch einmal fordern.

Und Kaspar regt sich nicht. Ich stelle vorsichtig ein flaches Näpfchen Sahne zu ihm hinein und stopfe Brocken von meiner groben Mettwurst durch das Gitter, die dreißig Zentimeter vor ihm niederfallen. Alle zwei Stunden nähere ich mich behutsam. Ohne Taschenlampe kann ich nichts erkennen. Kein Wunder: Er hat sich in seinen großen dunklen Schweif eingerollt, den hellen Kopf ganz mit diesem bedeckt, nur die Ohren ragen heraus und aus zwei schwarzen Vorderpfötchen je vier blanke Klauen. Schläft er? Stellt er sich tot? Was mag in ihm vor sich gehen? Was ist seine »Vorstellung« von seiner Lage – erkennt er sie wieder, rechnet er mit der Möglichkeit, sich zu befreien, nimmt sie ihm allen Mut?

Nachmittags um drei höre ich den Wagen von Herrn Zumpe. Ich gehe hinüber und läute. Er öffnet – und ist wie verwandelt: in seinem sonst so offenen Blick nicht die gewohnte nachbarliche Zuwendung, in der Zutrauen weckenden Stimme nicht die gewohnte herzliche Neugier – statt dessen ein heruntergeklapptes Visier, ein Ton von Abwehr schon im »Guten Tag«. Ich bin also vorsichtig, bitte gar nicht gleich um Hilfe, sondern um Rat: Die Gräfin sei nicht gekommen, sage ich, statt dessen der Graf und habe den Gefangenen nicht mitnehmen können, weil die Falle nicht in sein Auto paßt. Was könne man als nächstes tun? »Das weiß ich auch nicht – und, um es gleich zu sagen« – ich spüre, wie er sich überwindet –, »ich werde den Marder nicht wegbringen.« Es folgen Gründe, die sich nicht reimen, aber alle das eine ausdrücken: daß ich ihm da eine unmögliche Zumutung bereite. Er sei Förster und Jäger; wenn man ihn mit einem gefangenen Marder antreffe, den er irgendwo aussetzen wolle – wie stehe er denn dann da! Das sei ja, wie wenn er, der er den Abschuß von Rehen und Wildschweinen zu besorgen habe, diese vorsorglich in das Nachbarrevier treibe, um sie zu retten. Ein Marder, das sei schließlich jagdbares Wild, wie anderes auch ...

Ich räume ein, das wäre dann sein Fall, wenn der Marder draußen herumliefe. Dann würde er ihn wohl schießen. Aber dieser mein Fall sei doch ganz anders: Kaspar (so nenne ich ihn jetzt auch dem Förster gegenüber und verrate ihm dadurch, wie wenig »objektiv« ich denke) sei mein Gefangener. Sei es vorstellbar, daß er, Herr Zumpe, seinen Lauf auf das Tier richte, wenn es die Falle verlasse? Der Gedanke behagt auch Herrn Zumpe nicht. Er weicht aus, kommt auf sein erstes Argument zurück: Ich müsse doch einsehen, daß ich da etwas von ihm erwarte, was mit seinem Beruf nicht vereinbar sei. »Ein Marder ist kein Mensch«, sagt er. »Ihre Gedanken stimmen nicht zur Natur. Da geht es anders zu. Außerdem richtet der Marder Schaden an.« – »Wir etwa nicht?« entgegne ich und versuche meinem Einwand einen leicht scherzhaften Ton zu geben: »Geben wir dem anderen Schädling eine Chance!« Aber damit kann ich die Sache nicht herunterspielen. »Wer weiß, was Sie ihm mit der ›Befreiung‹ antun!« (Ich höre die Anführungszeichen.) »Wenn Sie ihn weit wegbringen, wird er in der neuen Umgebung möglicherweise nicht zurechtkommen. Vielleicht wird er überfahren. Vielleicht gibt es da Gefahren, die er nicht kennt. Im übrigen: Wie weit muß man ihn wegbringen, damit er nicht zurückfindet!?« Ich sage, das wisse ich natürlich nicht und frage darum ihn, den Förster, um Rat. Bis Wildbergerhütte hätte ich ihn mit der Gräfin bringen wollen, wenn nötig aber auch weiter. »Wie gut, daß es dazu nicht gekommen ist«, fällt Herr Zumpe mir eifrig ins Wort: »Was hätte da alles passieren können! Stellen Sie sich vor, er hätte sich unterwegs im Auto befreit. Das hat er doch schon einmal!« Ich rücke die Dinge zurecht: In einer vierstündigen ungestörten nächtlichen Nagearbeit sei ihm das gelungen. Jetzt wären wir doch dabei ... Die Korrektur war ihm peinlich, das spüre ich und versuche abzulenken: Er scheine mir mit alledem sagen zu wollen, die Verbringung des Marders sei keine Lösung. Was, bitte, sei also zu tun? Oder wolle er mir bedeuten: Einen gefangenen Marder *könne* man nicht loswerden – ihn zu fangen sei schon falsch?! Wir schweigen. Ich spüre, wie Groll in mir aufsteigt, wie der bisher unterdrückte Gedanke – »Diesen Marder muß man umbringen« – ins Offene drängt. Bevor Herr Zumpe sich zu dieser Lösung bekennen kann, lege ich ihm meinen Abscheu nahe: Undenkbar, daß er Kaspar erschießen wolle! »Das habe ich nicht gesagt!« antwortet er – und ich weiß nicht, welchen Teil meines Satzes er damit verneint. Um dem offenen Konflikt auszuweichen, nehme ich den verdeckten in Kauf, mute ihm die Beschämung zu: Es tue mir leid, ihn so belästigt zu haben; er möge die Sache bitte vergessen; ich würde mir nun ein Taxi bestellen und mit dem die notwendige Tat vollziehen. Er bietet mir an, sein Telefon zu benutzen. Ich bedanke mich kühl und sage, ich wolle noch einmal eine Stunde lang über die Sache nachdenken. Er spürt, daß unsere gutnachbarliche Beziehung in Gefahr ist. »Ich hoffe, Sie mißverstehen mich nicht ...« Nein, ich verstünde recht genau, was er sage, aber ich teilte seine Ansicht und Meinung nicht. Er könne als Weidmann offensichtlich nicht anders handeln; ich hingegen könne meinen Gefangenen nur in die Freiheit entlassen – entweder gleich hier oder, wie geplant (und, wie ich meine, »richtig gedacht«), an einem entfernten Ort. Noch bleiben mir zwanzig Stunden bis zu meiner Abreise.

In meinem Haus und in der Falle ist es weiterhin still. Ich stehe am Fenster. In mir brodelt es. Ich fühle mich im Recht – und im Stich gelassen. Und ich habe niemanden, mit dem ich mich bereden kann. Ich tue, was ich in solchen Fällen immer tue: Ich betäube mich mit Arbeit.

Als vier Stunden später Frau Kruse heimkommt – ich höre ihre Autotür klappen –, stapfe ich hinunter zu ihrem Haus. Der Halbmond scheint am klaren Himmel. Es beginnt sehr kalt zu werden. Ich klingele und bitte, das Telefon benutzen zu dürfen. Das Taxi, das mich am anderen Morgen um zehn Uhr abholen und zum Zehn-Uhr-zwanzig-Bus bringen soll, wird auf zwanzig Minuten vor zehn umbestellt: zwanzig Minuten früher zur Freilassung von Kaspar in einiger Entfernung.

Ich bereite meinen Aufbruch vor, bringe das Haus in Ordnung, schlafe unruhig, achte auf jedes Geräusch. Einmal, gegen Morgen, über-

quert Kaspar die Blechplatte. Danach bleibt es still. Später sehe ich, daß er die Wurstbrocken gegessen hat. Eine Pfütze ist unter der Falle entstanden; ich wische sie auf; es riecht stechend nach Marderexkrement. Ich kann es nicht ohne Risiko beseitigen. Ich lüfte die Stube kurz, stelle die Falle direkt neben die Tür, bin bereit – *archi-prêt*. Das Taxi – es kommt sonst immer vor der Zeit – verspätet sich. Ich werde unruhig, gehe ihm bis zum Burgtor entgegen. Endlich, um zehn Minuten vor zehn, ist es da. Der Fahrer wendet scharf vor meiner Haustür. Er bleibt im Wagen sitzen, erwartet, daß ich, wie immer, meinen Koffer selbst verstaue und einsteige. Diesmal jedoch soll er mir helfen, die Falle aus dem Haus zu tragen und im Kofferraum unterzubringen. Sein Zuspätkommen erwähne ich nicht, lasse ihn jedoch spüren, daß die Zeit drängt: Es gehe wie immer um eine Fahrt zum Bus in F. Vorher aber müsse ich noch einen Marder aussetzen, den ich heute nacht in einer Falle gefangen habe ... Kaum ist das Wort »Marder« gefallen, protestiert der Fahrer, der darin wohl eine Chance sieht, meinem Vorwurf zu entrinnen: »Ein Tier? Kommt gar nicht in Frage! Wir transportieren keine Tiere, schon gar keine wilden Tiere, die gegen nichts geimpft sind. Gerade mal eine

Katze! Und Hunde nur, wenn man uns das vorher sagt, dann kommen wir mit einem Hunde-Taxi. Die Kunden wollen so was nicht. Wenn sie erfahren, daß ich einen Marder transportiert habe, gehen sie zur Konkurrenz. Sie haben Angst vor Ansteckung. Ein Tier kann ja krank sein. Wissen Sie, ob der Marder nicht die Tollwut hat oder so was?« So geht das in einem fort. Er fühle sich verantwortlich, fahre schließlich kleine Kinder oder anfällige alte Menschen, bringe Leute ins Krankenhaus. »Die kündigen mir sofort. Ein Krankenhaus, das hört, daß ich Tiere ins Auto lasse, ruft mich nie wieder an!« Ich behaupte, seine Not zu verstehen. Aber er möge doch auch meine bedenken: Da sei nun dieses Tier; der Förster sei fort; des Grafen Auto sei zu klein; und ich sei im Begriff abzureisen. Mein Bus, der mich nach Siegen zur Bahn bringt, fahre um zehn Uhr zwanzig; den Marder »wegbringen« habe nur einen Sinn, wenn wir es sofort täten. Mit dieser Rede habe ich meine Position nur verschlechtert. Jetzt hat er mich vollends in der Hand: »Das müssen *Sie* entscheiden: ob Sie den Bus noch kriegen wollen.«

Manchmal öffnet die Ausweglosigkeit einen Ausweg. Dann müsse ich eben hierbleiben, sage ich, bis ich eine Lösung ohne ihn gefunden habe. Ich hole mein Portemonnaie heraus, um die nicht genutzte Fahrt zu begleichen, und sage dabei: Schade! Mit seiner Firma hätte ich fest gerechnet, sei gar nicht auf den Gedanken gekommen, da könne es Schwierigkeiten geben. Mit dem Geldschein in der Hand – dem offensichtlich letzten, den er und seine Firma an mir verdienen würden – frage ich den Fahrer, ob er sich den Marder nicht wenigstens einmal ansehen wolle, ein so seltenes, vor allem aber so kleines Tier in einem so festen Kasten; kein Mensch werde dadurch gefährdet, und keiner würde irgend etwas von der Aktion erfahren – außer uns beiden. Neugier, ein wenig Sorge um sein künftiges Fahrgeschäft mit dem Herrn Professor und wohl auch die Schmeichelei der ihm angedienten Komplizenschaft lassen ihn einen Blick in die Falle tun. Ich weiß nicht, was er gesehen hat, aber als er sich langsam aufrichtet, sagt er: »Also gern tue ich's nicht!« und als ich, die Falle entschlossen aufhebend, eine neue Pfütze bloßlege: »Auch das noch!« Indem ich ihm mit »Nehmen Sie die Plastikplane und die Zeitungen« den Rückweg abschneide, bin ich schon zu seinem Auto unterwegs, stehe erwartungsvoll vor dem Kofferraum, der diesmal deutlich groß genug

ist, und erlebe erleichtert, daß er ihn öffnet. »Nichts geht doch über einen Mercedes!« sage ich, und nachdem er die Unterlagen ausgebreitet hat, füge ich hinzu: »Vor allem brauche ich jetzt Ihren Rat. Wir haben zehn Minuten für die Aktion – sollen wir lieber in Richtung Morsbach oder in Richtung Wildbergerhütte fahren? Nach Wildbergerhütte ist die Straße gerader, da kommt man weiter. Nach Morsbach ist sie gewunden, da verliert der Marder die Orientierung. Was ist wichtiger – was meinen Sie?« – »Wir fahren nach Morsbach«, sagt er, wie wenn er seit langem an dem Plan mitgedacht hätte: »Da geht's über einen Bach, der trennt die beiden Reviere – von Weiherseifen bis Wissen. Auf der anderen Seite vom Bach – das ist für den Marder wie Ausland.« Nun fährt er wie der Teufel. »Um zehn Uhr fünf«, sagt er, »kehren wir um; wenn ich Sie zur Bushaltestelle Deutsche Bank bringe – da fährt der Bus erst zehn Uhr zweiundzwanzig –, gewinnen wir zwei weitere Minuten ...« Jetzt ist er ganz dabei; jetzt erzählt er, wie sehr er Tiere liebt; jetzt sind seine anderen Kunden unverständliche, schwierige Leute. Und: »Nicht alle würden billigen, was ich hier tue. Schon gar nicht mein Freund hier in B. Das ist ja so, als ob ich ihm einen Einbrecher von Wildenburg in sein

Dorf bringe.« Der Fahrer lacht, ich meine: nicht ohne Schadenfreude. »Vielleicht werde ich ihm demnächst sagen müssen, wo man Marderfallen kauft.« – »Bei Ketterer im Versand aus Hamburg«, sage ich. Für ihn selber, räsoniert er, komme das nicht in Frage; er habe eine Katze. »Sehen Sie«, sage ich, »das ist der Vorteil einer Lebendfalle: Der Katze passiert nichts – und auch keinem anderen Tier.« – »Das walte Gott!« brummt mein Gefährte: »Sie ist ein wunderbares Geschöpf.« (Er benutzt dieses Wort wirklich.) »Ein Fell – sooo!« (Er drückt Daumen und Zeigefinger der in Augenhöhe gehobenen rechten Hand zusammen und spreizt die anderen Finger ab.) »Na, ich gebe ihr ja auch schon mal ein rohes Ei!« Als ich ihm sage, daß die Familie der Marder und Wiesel, die *mustelidae,* zusammen mit der Familie der Katzen, der *felidae,* zur gleichen Unterordnung der *feloidae* gehören, will er mehr wissen. Ich gebe meine Fernsehfilm-Kenntnisse zum besten, und er fragt sich, warum Marder wohl so gern die Elektrokabel von Autos anknabbern. »Fressen tun sie das ja nicht.« Befriedigt stellt er fest, daß sein Auto – »wie alle neuen Mercedes« – jetzt gegen »Marderbefall« rundum gesichert sei. Aber ernstlich: Ich solle nicht denken, er habe etwas gegen diese Tiere. Vor zehn Minuten hätte ich ihm das nicht geglaubt.

Dann kommt eine breite Abfahrt mitten im Wald, auf der wir wenden können. Wir münden ein, halten, steigen aus, öffnen den Kofferraum. Ich hebe die Falle heraus, setze sie fünf Schritt vom Auto entfernt ab und ziehe den Verschlußbolzen hoch. Als ich die Klappe aufziehe, sehen wir Kaspar, der sich und uns den Rücken zukehrt. Ich muß die Falle am anderen Ende anheben und ihn förmlich »ausschütten«. Da rollt er ins Freie und entrollt sich dabei, blickt ganz kurz umher und geht – sich zu einer Länge von sicher über siebzig Zentimetern streckend – in wenigen, erst knappen, dann immer weiteren Sprüngen zum Brombeergestrüpp ab. »Was für ein Fell!« ruft der Fahrer aus. »Der ist ja wie aus dem Pelzladen!« und hat ganz recht und ganz unrecht zugleich. Der langhaarige Pelz auf dem dunklen, fast schwarzen Rücken, der kurzhaarige auf der hellen, fast weißen Brust ist aufgeplustert und zeigt wie der lange buschige Schweif nicht die geringste Spur von der achtundzwanzigstündigen engen Gefangenschaft; seine Bewegungen entfalten die Eleganz eines königlichen Raubtiers; die Tatsache, daß er das Gebüsch auf der anderen Seite nicht verläßt, beweist seine kluge Vorsicht. Ich bin so

verzaubert, daß ich den Fahrer fahren lasse, so kühn er will, und reden, soviel und was ihm in den Sinn kommt: Das werde er seinen Kindern heute abend erzählen! Solch ein Erlebnis! Das habe man ja nicht alle Tage! – Die Beharrlichkeit, in der mir Kaspar Vorbild war, hat zum Ziel geführt: Kaspar lebt, lebt in Freiheit und Schönheit.

Wir stellen die Falle in meinem Häuschen ab, wo sie nun vor sich hin stinkt, nehmen mein Gepäck auf, erreichen eben gerade noch den Bus. Der Abschied vom Fahrer ist fast herzlich, das Trinkgeld fürstlich. Danach starre ich viele Stunden lang aus dem Fenster des Zuges und denke über die unerwartete, die verstörende Fortsetzung der Mardergeschichte nach. Sie endet mit dem inbrünstigen Wunsch: »Komm bitte nicht wieder, Kaspar!«

1 2 3 4 5 03 02 01 00 99

ISBN 3-7254-1152-2

Satz und Lithos:
Satz für Satz. Barbara Reischmann, Leutkirch
Druck und Bindung: Clausen & Bosse, Leck
Printed in Germany